AF311412

BLANCHARD DE LA BRETESCHE

Un Mois de Clou

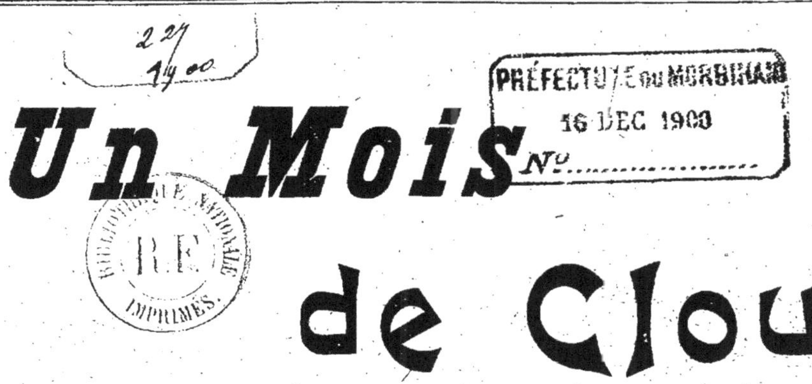

POCHADE EN UN ACTE

Représentée pour la première fois le 18 février 1899, sur la scène des Folies-Belleville à Paris.

3 h. — 2 f.

PARIS

C. JOUBERT, Éditeur, 25, rue d'Hauteville.

Répertoire de la Société Dramatique.

C. JOUBERT, Successeur

EDITEUR DE MUSIQUE

PARIS — 25, Rue d'Hauteville 25 — PARIS

RÉPERTOIRE

DES OUVRAGES DE CONCERT EN UN ACTE

ABRÉVIATIONS : D. Veut dire du répertoire de la Société Dramatique, 8, rue Hippolyte Lebas — Le surplus appartient au répertoire de la Société Lyrique, 10, rue Chaptal.

LOC. Veut dire : La musique n'est qu'en location et ne se vend pas.

Opérettes et Vaudevilles de Concert

Auteurs	Titres des œuvres	Hommes	Femm	Prix net
Saint-Maurice	Abricot (L') d	troupe	»	loc
D. Campisiano	Absalon	2	1	
Vallès-Garnier	Affaire Cœurdeveau (L')	5	1	loc
F. Bernicat	Agence Rabourdin (L')			
Japy	A nuitaine	troupe		
C. Roland	Aiguilleur (L') d			loc
Bessière-Rulfier	Ami Vandière (L') d			loc
G. Street	Amour en livrée (L')			
Desormes	Amour et l'appétit (L')			
Vallès-Garnier	Amour et sauvetage			loc
A. Petit	Amoureux d'Yvonne (Les) d			loc
V. Roger	Amour Quinze-Vingt (L')			
Bottin, Boulay-Layrisse	Amours d'un pierrot (Les)			loc
Desormes	Antoine et Cléopâtre d			
Bessier-Moreau	Aphrodites (Les) d	4	8	loc
Dorfeuil-Moreau	Après la vie de Bohème d	troupe		loc
J. Emmecé	A qui le gosse ?	troupe		loc
Monnery-Marien	Argot tel qu'on le parle (L')			loc
M. Chautagne	Arracheuse de dents (L')			loc
Bourel, Baudel, Maxjardin	Artistes pour rire d			loc
Géraldy	Ascension du Mont-Blanc (L')			
L. Martin-Duhem	Auberge du Tambour battant (L')			loc
Oudot-de Gorsse	Au Chat qui pelote d	troupe		loc
Banès	Au Coq huppé			
Uzès	Au soleil d'Or d			
Lebreton-Moreau	Au temps des cerises d			loc
Guérineau	Auteur par amour			
Lebreton-Moreau	Autour d'une guérite d			loc
Henry Moreau	Avant le bal			
Colange, Garnier, Combes	Baba Bouzouck d			loc
Deransart	Baigneur et nageuse			
Audigeon, Despian, Baudel	Baigneuses de Cocotteville (Les)			loc
Lesorte	Barbe-Bleue			
Raiter-Tranchant	Bataillon Desroches (Le) d	10	10	loc
Audigeon-Despian	Battage (Le)			loc
A. Moyne	Béguin d			loc
Moreau-Touzé	Belle-mère, nouveau jeu			loc
Wachs	Bibi ou l'Enfant de l'Amour			
Moreau-Gramet	Bougnol et Bougnol			loc
Villebichot	Boum ! Servez chaud			
Hubans	Brelan de bègues			
F. Bernicat	Cadets de Gascogne	troupe		
Banès	Cadiguette (La)			
Javelot	Célino, amoureux			
Chevalet-Audray	Canne d'un grand homme (la) d			loc
Lebreton-Moreau	Ça porte bonheur			loc
V. Herpin	Capricorne (Le)	troupe		loc
F. Barbier	Carmagnole (La)			
Lebreton-Moreau	Carnaval conjugal (Le) d			loc
Audigeon-Despian	Carcadin et Cie			loc
Chabaud, Colin, ge Tranchant	Ce pauvre Bobinet			loc
Chelu	Chambre à louer			
Cuvillier	Chambre à part d			loc
Henry Moreau	Chambre de bonne d			loc
V. Roger	Chanson des Lous (La)			
P. Henrion	Chant usé par amour (La) d			
R. André	Chaos (Le)			
Moreau-Boucharat	Chasse royale d	troupe		loc

Auteurs	Titres des œuvres	Hommes	Femm	Prix net
Lebreton-Moreau	Chasseurs Alpins (Les) d	6	6	loc
Greujat	Chaste Suzanne (La) d	troupe		loc
Yvel	Chœur des Dames	troupe		loc
Bourel, Baudel, E. René	Chevalier Tric-Trac (Le)	troupe		loc
Dunival-Roudel	Chez la Cœurnière d			
Meyraid	Chez le dentiste			
Linullier	Chez les Corniquet			
Rosenquest	Chicard et Bébé			
Bomier	Chien et Chat d			
Boulay-Layrisse	Choc en retour d			loc
Moreau-Gramet	Cinq contre un			
Villebichot	Cirque Ponget's (Le)	troupe		loc
Beucler	Clou (Le) d			
L. Collin	Coco Bel-Œil			
A. Petit	Cocotte et Pinonnier			
[illegible]	Colonie de Rhodes (La)			
A. Petit	Confections pour dames			
Lebreton-Moreau	Conscrits bretons (Les) d			
L. Collin	Conscrit tyrolien (Le)			loc
E. Brasseur	Constat d'adultère			
Lebreton-Moreau	Contrôleur des Wagons-Bar (Le)			loc
Lebreton-Moreau	Coté et Cocottes			
De Rose et d'Arsay	Culotte du marié (scène) (La)			
Lebreton-Moreau	Dans cent ans d	troupe		loc
Sourilas	Dégradée d			
Mart Saint-Pierre Lamer	Départ du régiment (Le) d		10	loc
L. Lefèvre	Dernier verre (Le)			
F. Barbier	Deux amours de chandeliers			
F. Malo	Deux avares (Les) d			
Ch. Dubans	Deux coqs vivaient en paix			
V. Gracia	Deux estafiers (Les)			
M. Chautagne	Deux muses (Les)			
F. Barbier	Deux parfaits notaires (Les)			
Hervé-Lecocq	Deux porteurs pour un cordon d			loc
Moreau-Boucharat	Diable au Moulin (Le)			loc
Gramet-Talbor	Doigt rouge (Le)	troupe		loc
Léon Laroche	Domestique pour rire (Un)			loc
Saint-Maurice	Doubles-Vierges (Les) d	troupe		loc
Sourilas	Drapeau jaune (Le) d			
Bouvet-Sévry	Dupont et Dupont			loc
Bottin, Boulay-Layrisse	Dufnhard			loc
J. Domero	École buissonnière (L')			loc
Yver-Septmons	Eh ! Ohé ! Ladrupette ! d			loc
Trabla-Croissier	Elle ! d			loc
Ed. L'Huillier	Elle débute ce soir			
Delarulle	El senor Pinardino			
Morsay	En colonne d	troupe		loc
Lebreton-Moreau	Enfant des halles (L') d			loc
Jallais-Hubans	Enlèvement des Sabines (L')	troupe		loc
Guillemot-Marus	Enfants d'Édouard (Les) d			loc
Lebreton-Duroc	Enragée d			loc
Villebichot	Entre deux vacarmes d			loc
Lebreton-Duroc	Entresol d'Eugène d			loc
Garnier-Vallès	Erreur de Bridouille (L')			loc
Banès	Escargot (L')			
A. Pujol	Esprit d'Argenteuil (Les)			loc
D. Dihau	Éternel roman (L')			loc
Garnier-Vallès	Exploits de Malichard (Les)			loc

BLANCHARD DE LA BRETESCHE

Un Mois de Clou

POCHADE EN UN ACTE

Représentée pour la première fois le 18 février 1899, sur la scène des Folies-Belleville à Paris.

3 h. — 2

PARIS

C. JOUBERT, Éditeur, 25, rue d'Hauteville.

Répertoire de la Société Dramatique.

Tous droits de traduction, de reproduction et de représentation réservés pour tous pays.

UN MOIS DE CLOU

POCHADE EN UN ACTE

De BLANCHARD de la BRETESCHE

Représentée pour la première fois le 18 février 1899, sur la scène des Foties-Belleville à Paris.

DISTRIBUTION

LE CAPITAINE CÉSAR, 35 ans, régiment de dragons, en bourgeois.	MM. Béquet.
PELLAFEUX, 22 ans, son brosseur, petite tenue de dragons, nu-tête, tablier blanc de domestique	Brachet.
LE MARÉCHAL DES LOGIS, petite tenue de sous-officier de dragon.	Carel.
PICHENETTE, cocotte, 20 ans, toilette tapageuse	
PAOLA D'ACOUSTA, jeune veuve espagnole, 20 ans, toilette et coiffure excentriques et caractéristiques de l'Espagnole	Mmes Dalbert.

(Les indications sont prises à la droite et à la gauche du spectateur.)

PLANTATION

Une pièce de l'appartement du capitaine César, avec porte au fond, ouvrant sur l'antichambre. A gauche et à droite de cette porte, une armoire, une commode. Au pan de gauche, une porte. une fenêtre. Au pan de droite, une porte, la cheminée. Près de la fenêtre ; une table portant une boîte de rasoirs, un bol à savon ; objets à toilette divers puis, accrochée à la dite fenêtre, une petite glace à main. Près de la cheminée et posé perpendiculairement à celle-ci, un canapé. Enfin, çà et là dans la pièce, des chaises, des fauteuils, des meubles, des tableaux.

MISE EN SCÈNE

(Au lever du rideau, César, en bras de chemise, une serviette attachée autour du cou, un rasoir à la main, est debout devant la fenêtre. Il se regarde dans la petite glace, qui y est accrochée, se fait la barbe.)

SCÈNE PREMIÈRE

César, seul, il cesse de se raser, puis appelant vers la droite.

Pellafeux ?... Pellafeux ?... *(Silence).* Voyez-moi un peu, si cette brute viendra !... *(Avec découragement.)* La, la, la, la !... *(Il se remet à se raser.)* Cinq jours déjà que cet animal est mon brosseur... et il ne sait seulement pas... reconnaître le son de ma voix ! *(Il essuie son rasoir.)* Qu'on est donc malheureux de ne pouvoir se servir soi-même... Mais pourtant j'ai besoin de... *(Appelant de nouveau.)* Pellafeux ?... Pellafeux ?... Pellaf...

SCÈNE II

César, Pellafeux.

PELLAFEUX, *il entrebaille la porte de droite et passant sa tête.*

C'est-y qu'mon capitaine m'appelle ?

CÉSAR

Comment animal, tu ne m'as pas entendu ?

PELLAFEUX, *en entrant.*

Si ben !... j'ai zentendu crier zun brin, mais,... j' vas dire zà mon capitaine...

CÉSAR

Quoi, double brute °

PELLAFEUX

J' croyais qu' c'était l' marchand dé tonneaux, qui dans la rue...

CÉSAR

Qu'est-ce que c'est, dragon !.. Vous vous permettez de comparer la voix de votre supérieur à celle d'un marchand...

PELLAFEUX, *interdit, exécute aussitôt le salut militaire.*

Pardon !.. T'excuses mon capitaine, jé né... *(Il reste fixe dans l'attitude respectueuse et militaire du soldat devant son supérieur).*

CÉSAR

C'est bon ! — Mon eau chaude ?

PELLAFEUX, *même attitude.*

Qu'elle est bouillante ! — sauf vot' respect, mon capitaine.

CÉSAR

Apporte-la donc, alors ?

PELLAFEUX, *sans bouger.*

Sur l'heure !

CÉSAR

Eh bien, va donc, imbécile !

PELLAFEUX

Z'avec subordonnance ! *(Il se dirige vers la droite et sort).*

SCÈNE III

César, *seul, tout en rangeant et serrant ses rasoirs.*

Nom d'une giberne ! peut-on être aussi bête !.. C'est qu'avec tout ça ce Jocrisse va me mettre en retard !.. jamais je n'arriverai à temps pour voir le maire. — Il faut pourtant que j'en finisse !.. Y a pas,.. il faut que je sois affiché cette semaine à la mairie !.. La femme est, par ma foi, trop jolie, la dot trop rondelette, pour que je ne me presse pas de m'offrir l'une et l'autre, en me mariant au plus tôt !.. Du reste, j'en ai assez de cette vie maraudeuse et grapilleuse d'amours faciles... J'en veux une autre qui...

SCÈNE IV

César, Pellafeux.

PELLAFEUX, *il entre par la porte de droite et tenant une bouillote par son anse, il tend celle-ci au capitaine*

V'là !..

CÉSAR, *continue et distraitement allonge la main.*

Me donne la sécurité... *(Sa main touche la bouillotte brûlante et tout aussitôt.)* Aïe !.. Sacré maladroit !..

PELLAFEUX

Oh ! Pardon ! T'excuses, mon capitaine.

CÉSAR, *se frottant les doigts avec douleur.*

Tu ne peux pas tenir mieux qu' ça ton ustensile ?

PELLAFEUX, *il saisit la bouillotte par le milieu du corps se brûle les doigts et tout en grimaçant sous la souffrance.)*

Qué si ! Qué si ! *(Il tend la bouillotte en offrant l'anse au capitaine et en faisant des contorsions comiques de douleur, puis à part.)* Cré coquin dé chaleur !...

CÉSAR

Allons, donne-moi ça ! *(Il prend la bouillotte.)* Et maintenant, brosse mon chapeau vivement, pendant que je vais achever de m'habiller !

(Il sort par la porte de gauche.)

SCÈNE V

Pellafeux, *seul.*

PELLAFEUX, *tout en se frottant les doigts et en se tordant de douleur.*

Tout dé même qué si mon supérior. il s'imagine qué ça mé régale plus qué lui dé mé rôtir les mains à ce sacré fourbi dé malheur, qu'il s'en fourre totalément zun doigt dans l'œil ! *(Avec contorsions et en se frottant les doigts.)* Sacré mille, mille pochetées dé chaleur du diable !... Mais c'est zégal, Pellafeux, mon ami, il faut néanmoins dé ta douleur zobéir zavec subordonnance ! *(Il va ; prend le chapeau sur un meuble.)* Allons, mon vieux troubade, astique de rechef, lé couvre-chef dé ton chef ! *(Riant.)* Hé ! Hé ! Hé ! Hé ! c'est rigolo ! que c'est comme des verses !... *(Il se met à brosser le chapeau.)* Brosse ma vieille..., brosse vivement ! qu'il a dit, mon capitaine : Eh ben, tiens !... jé vas té lé brosser ! *(Il brosse à grands tours de bras.)* et té lé rébrosser ! *(Il brosse plus fort et plus vite.)* Vite !.. aussi zé vité qu'uné machine roustative ! *(Riant.)* Hé ! Hé ! Hé ! Tiens !.. Tiens donc, enfant dé lapin !.. Oh, ma mère !... zy réluira si tellement, qué mon supérior il pourra faire sa barbe dans son galurin. *(Riant.)* Hé ! Hé ! Hé !... Sacré mille milliards de douzaines dé boutons dé guêtres !... *(Il brosse à tours de bras.)*

SCÈNE VI

Pellafeux, César, *en redingote.*

CÉSAR, *il entre par la porte de gauche et apercevant Pellafeux, brossant.*

Eh bien, sauvage ! *(Il se précipite sur Pellafeux, et lui arrachant le chapeau des mains).* Es-tu fou ? Tu veux donc qu'il ne m'en reste que le carton ?

PELLAFEUX

Mais qué mon capitaine z'il m'a dit dé brosser vivément ! Alors, moi...

CÉSAR, *haussant les épaules.*

Oh !... crétin, va !... (*Il met son chapeau, se regarde dans la glace ; puis, à Pellafeux*) Ma canne ?

PELLAFEUX. *il prend la canne dans un coin de la pièce et la présentant à César.*

V'là, mon capitaine !

CÉSAR, *en prenant la canne.*

Bon !... (*Il se dirige vers le fond*) Je rentrerai tard ! Si l'on vient du quartier pour le rapport, tu diras au maréchal des logis de le copier et de me le laisser là !

PELLAFEUX

Suffit ! mon capitaine ! (*Salut et attitude militaires*).

CÉSAR, *il va pour sortir par le fond s'arrête, réfléchit, revient à Pellafeux*

J'ai bien encore quelque chose à te recommander... mais tu as l'air si bête ! ..

PELLAFEUX, *minaudant.*

Damé, mon capitaine, chacun a son genré dé beauté !

CÉSAR, *il soupire, puis.*

Ben oui ! .. justement ! et je ne sais si, vraiment, je peux... (*Il réfléchit, puis se parlant*) Ma foi, arrive ce que pourra ! (*Haut, à Pellafeux*) Ecoute-moi.

PELLAFEUX

Présent, mon capitaine !

CÉSAR

Tu sais bien, la petite que tu as vue ici l'autre soir ?

PELLAFEUX

Oui, oui ! Et pis zencore lé lendémain matin ! (*Riant.*) Hé ! hé ! hé !

CÉSAR

Oui ! Et puis le lendemain matin !.. Eh bien... tu te la rappelles ?

PELLAFEUX, *dans un rire.*

Positivément, mon capitaine, même qu'elle s'en allait sans sa culotte et que c'est vous qui...

CÉSAR

Chut !.. qui te parle de ça !

PELLAFEUX, *riant.*

C'est zégal ! quel troupier dé malheur ! Oublier sa culotte ?.. (*Riant.*) Hé ! hé ! hé !

CÉSAR

Tais-toi !.. cette petite est une chanteuse de café-concert ; elle se nomme : M{ᵉ} Pichenette !..

PELLAFEUX

Pichénette !.. (*Pouffant de rire.*) Hé ! hé ! hé ! Quel troupier dé malheur !

CÉSAR

Silence !.. elle va venir : (*Il fouille dans sa poche en tire un billet de banque, le tendant à Pellafeux.*) Tiens, tu lui donneras cet argent, et tu lui diras de ne pas revenir.. que je ne peux plus la recevoir !

PELLAFEUX

Très bien, mon capitaine ! que le camarade dé lit zil est dé la classe. (*Riant*) Hé ! hé ! hé ! qué vous lui donnez sa feuille dé route. (*Riant*) Hé ! hé ! hé ! quel troupier..

CÉSAR

Surtout, ne la laisse pas entrer ! Il ne faut plus qu'on la voie ici.

PELLAFEUX

Et si c'était, qu'elle forcerait la consigne !

CÉSAR, *il réfléchit.*

Eh bien... (*Il s'interrompt, réfléchit et se parlant* Tant pis !.. Il le faut ! (*Puis haut à Pellafeux*) Eh bien, tu lui fermeras la porte au nez !.. Tu as bien compris ? .

PELLAFEUX

Copieusement, mon capitaine : argent,.. mademoiselle Chiquénaude ..

CÉSAR

Mais non, imbécile : Pichenette ! . pas chiquenaude... pichenette

PELLAFEUX

Ah ! zoui : Pichénette,.. rouspétance,.. porte zau nez !..

CÉSAR

Très bien !. Maintenant, si par hasard, une autre dame se présentait...

PELLAFEUX

Ça y est !.. Congé ! porte zau nez !

CÉSAR

Mais non, mais non !.. pas celle-là !

PELLAFEUX, *étonné.*

Ah !..

CÉSAR

Tu la recevras, au contraire : poliment, gentiment, et tu la prieras d'attendre !

PELLAFEUX

Jé veux bien !

CÉSAR

Tu auras les plus grands égards pour madame Paola d'Acousta, la belle veuve, fiancée de ton capitaine.

PELLAFEUX, *sursautant et à part.*

Nom dé nom ! sa fiancée !

CÉSAR, *continuant.*

Tu sais, je ne la connais pas encore, je ne l'ai même jamais vue, mais il te sera facile dé la reconnaître ; elle est Espagnole, et belle, dit-on, comme le jour !

PELLAFEUX

As pas peur, mon capitaine, jé m'y connais. (*Riant*). Hé ! Hé ! Hé !

CÉSAR, *se dirigeant vers la porte du fond et gaiement.*

Allons,.. fais attention : Cette fois la consigne n'est pas de rouffler...

PELLAFEUX, *riant.*

Zau contraire, hé ! hé ! hé ! — zelle est d'ouvrir l'œil !.. Hé ! Hé ! Hé !

CÉSAR, *sortant.*

C'est ça !.. surtout que Pichenette ne voit pas l'Espagnole..

PELLAFEUX

Pas dé crainte, mon capitaine !

CÉSAR

Allons, adieu ! (*Il sort*).

PELLAFEUX

Zau révoir, mon capitaine !

(*César est sorti.*)

SCÈNE VII

Pellafeux, seul, redescendant.

Pichenette , Paoula ?... Zuné cocotte, . puis zune spagnole !... Mais sacré mille fourneaux dé cantine !... Qu'est-ce qué je vas dévénir avec ces deux créatures superbes et communicatives. — Tu né connais pas mon calorique natif, homme galonné !... — Tu ne sais pas, supérior innocent, que j'ai z'un tempérament de fournaise !... Malheur dé bonsoir ! mais rien qué de voir le museau d'une petite femme, jé mé sens secoué, zallumé commé zune tincelle éléquetrique ! (*Il prend une paire de bottes dans un coin ; en prend un pied et se mettant à le frotter*) Oh ! ma mère !... — Ténez quand jé reluque leurs bidons d'ordonnance, zé puis leurs sacs dé campément. (*Il indique successivement les seins puis le postérieur*) à ces poulettes : tout mon sang y sé rétourne. (*A ce moment précis, la sonnette d'entrée retentit*) Tout mon tempérament il sé bouléverse ! (*La sonnette retentit une seconde fois ; il écoute*) Tiens ! jé crois qu'on sonne ! (*Puis, continuant, sans se déranger*) Mes nerfes, ils mé chatouillent ! (*On résonne à la porte d'entrée*) Ah! zoui !... zon sonné (*Et reprenant tranquillement*) Ils mé fourmillent !... ils mé tarabustent jusqu'à cé que. (*On sonne à la porte sans discontinuer*) Ben ! quoi t'est-ce donc ? Il est bien pressé, celui-là ! (*Il se dirige vers le fond*) On y va ! On y va !... (*D'un pas lent et pesant, il remonte, sort par la porte du fond*).

SCÈNE VIII

Pellafeux, le Maréchal de Logis, *en petite tenue de dragon avec képi.*

LE MARÉCHAL DES LOGIS, *entrant brusquement par le fond, il porte un registre.*

Vous êtes donc sourd, s'pèce d'emplâtre !...

PELLAFEUX

Pardon ! marchal-gis, qué jé né savais pas qué c'était vous, et je...

LE MARÉCHAL DES LOGIS

Le capitaine César est-il là ?

PELLAFEUX, *distraitement en regardant la botte qu'il tient.*

Non !... César zil n'est pas là !...

LE MARÉCHAL DES LOGIS, *sévèrement.*

Hein ?...

PELLAFEUX, *confus et se reprenant vivement.*

Nom dé nom !... Qu'est-ce que je dis ! Je mé trompe, marchal gis ! Qué jé voulais dire : non ! mon capitaine, zil n'est pas t'ici !

LE MARÉCHAL DES LOGIS

A la bonne heure !

PELLAFEUX, *à part, soupirant comiquement*

Quelle gaffe !... Oh ! ma mère !

LE MARÉCHAL DES LOGIS

Alors ?...

PELLAFEUX

Alors, le capitaine il a dit comme ça qué vous copiez le rapport et...

LE MARÉCHAL DES LOGIS

Ah ! bon ! bien !... compris !

PELLAFEUX

Si, pour lors, mon marchal gis zil veut passer par là ! (*Il indique la porte de gauche*).

LE MARÉCHAL DES LOGIS

Oui !... Je sais !... Viens ! (*Il sort par la porte de gauche*).

PELLAFEUX, *marchant à sa suite.*

Je vous suis. (*Et au public en sortant*) Quelle gaffe ! Oh ! ma mère !... (*Ils sortent*).

SCÈNE IX

Pichenette, *seule, elle entre par la porte du fond, s'arrête sur le seuil de celle-ci et regardant dans la pièce.*

Comment !... Rien ? La porte ouverte et personne dans la boîte ? En v'là une baraque ! (*S'avançant*) Oh ! ces militaires ! Tous les mêmes ! Tous loufoques et coureurs ! (*Appelant vers la gauche*) Hé ! César ? César ? (*Elle écoute*) Non ! rien !... Aucun bruit !... (*Redescendant*) C'est épatant ! Qu'est-ce qu'il peut faire ? Où est-il ? (*Elle regarde, se promène puis tout à coup*) Ma foi, tant pis ! J'y suis, j'y reste !... (*Et ce dit, elle se laisse tomber sur le canapé*) Faudra bien qu'un indigène montre son nez. Quand ça ne serait que ce polichinelle de brosseur ! (*Elle arrange ses jupes, puis s'étale sur le canapé*).

SCÈNE X

Pichenette. Pellafeux.

PELLAFEUX, *il entre en riant par la porte de gauche et tout en s'avançant, sans avoir encore vu Pichenette.*

Sacré rigolo dé marchal-gis !... Hé ! Hé ! Hé ! Z'il m'a fichu tout dé même zun rudé trac !

PICHENETTE, *à part.*

Ah !... V'là le larbin !

PELLAFEUX, *continuant à part.*

Mais c'est zégal, hé ! hé !. hé ! C'est zun bon zigue !... Je vas nous chercher zuné bonne bouteille ! (*Il marche vers la droite ; aperçoit Pichenette étendue sur le canapé et sursautant.*) Bon Dieu dé sort !...

PICHENETTE, *se levant aussitôt.*

Quoi donc, beau militaire ! je te fais peur ?

PELLAFEUX, *troublé.*

Non !... si !.. Mais nom d'uné chabraque ! par ousque vous êtes donc rentrée dans la cambuse, vous ?

PICHENETTE, *rieuse et coquette.*

Par la fenêtre !... comme un petit oiseau !... (*Elle pouffe de rire.*) Aa ! Ah ! Ah !

PELLAFEUX

Non ! pas dé blague !... C'est-y vous qu'y z'êtes là spagnole ?

PICHENETTE, *redoublant de rire.*

La spagnole ?... Qué qu' c'est qu' ça ? Ah ! Ah ! Ah !

PELLAFEUX

Ou bien, ce serait-y vous qui seriez la cocotte ?...

PICHENETTE, *avec emphase.*

Je suis mademoiselle Pichenette !

PELLAFEUX, *sursautant.*

Pichenette ?

PICHENETTE, *se levant.*

Comme tu le dis, bouffi !

PELLAFEUX

Alors ! Ouste !... Fichez-moi lé camp !

PICHENETTE

Hein? tu dis? insolent !

PELLAFEUX

Caletez ! qué jé vous réïtère ! Ordre dé mon capitaine !

PICHENETTE

Comment César t'a ordonné de me ? *(Elle indique la porte du fond.)*

PELLAFEUX

Complètement ! même qu'y m'a remis ce billet de banque pour vous .. *(Il le sort de sa poche.)*

PICHENETTE, *piquée et sans prendre le billet.*

Ah !..

PELLAFEUX

Et il m'a recommandé...

PICHENETTE

Quoi donc ?

PELLAFEUX

Dé vous dire dé né plus révénir !

PICHENETTE, *furieuse.*

Ah !.. il a dit ça ? Eh bien nous verrons ! *(Elle marche nerveuse par la pièce).*

PELLAFEUX, *riant.*

Hé ! hé ! hé ! Qué vous avez, paraît-il, fini votré congé au régiment de sistère ! *(Riant)* Hé ! hé ! hé !

PICHENETTE

Imbécile !..

PELLAFEUX

Zimbécile ou non !.. qu'il té faut détaler zau galop, Mamzelle sans culotte !.. *(Il la pousse vers la porte du fond).*

PICHENETTE, *se rebiffant.*

Zut !.. Tu me cours sur le système !

PELLAFEUX, *même jeu.*

Qu'il n'y a pas de zut, ni dé système ! carapatez !

PICHENETTE, *même jeu.*

Zut !.. que j'te dis !

PELLAFEUX, *s'impatientant.*

Mais, sacré mille pêts dé nonnes ! Faut pas qué la spagnole, zil té vous voit zici ! je t'assure !

PICHENETTE

Ah !.. faut pas qu'elle me ?..

PELLAFEUX

Non ! c'est la consigne !

PICHENETTE

Mais alors... c'est ma remplaçante ?

PELLAFEUX

Que c'est la fiancée l'inconnue dé mon supérior !

PICHENETTE, *bondissant.*

Sa fiancée ? Il va se marier ! *(Elle se met à arpenter la scène de droite à gauche et vice versa en criant)* Ah ! le monstre ! le pas grand'chose !

PELLAFEUX, *à part.*

Bon ! Quoi t'est-ce qui lui prend ?

PICHENETTE, *même jeu.*

Le saltimbanque !

PELLAFEUX, *marchant sur ses pas.*

Dités donc...

PICHENETTE

Le pignouf !..

PELLAFEUX *même jeu.*

Du calmé donc !

PICHENETTE, *marchant nerveusement par la pièce.*

Tu m'embêtes !

PELLAFEUX, *suppliant et la suivant toujours.*

Voyons... voyons... ma pétite chatte.., pas dé rouspétance.

PICHENETTE

Flûte !..

PELLAFEUX, *il s'arrête et comiquement.*

Je t'en supplie ?..

PICHENETTE, *elle s'arrête brusquement.*

Au fait... tu as peut-être raison. Pas de rouspétance... mais la vengeance ?.. la vengeance Corse !.. Ah ! il me plaque ! Ah ! il va se marier ?.. *(et tout à coup jetant ses bras autour du cou de Pellafeux),* Tu m'aideras, toi, tu m'aideras à me venger, *(le caressant.)* N'est-ce pas mon p'tit truffard ?

PELLAFEUX, *tressaillant d'aise et à part.*

Oh ! ma mère !

PICHENETTE, *continuant.*

Pas, chéri, tu m'aideras.? — (*Elle le caresse.*) Tu es si beau ! (*Elle lui caresse le crâne*).

PELLAFEUX, *à part.*

Tais-toi, zô mon cœur.

PICHENETTE, *continuant même jeu.*

Tu as tant d'esprit !

PELLAFEUX

Ça !.. zil est dé faité qué jé suis tun malin !..

PICHENETTE, *tout à coup, en le rejetant au loin.*

Mais, tu l'as vue, cette femme ?

PELLAFEUX

Moi ?.. Oh ! moinsse zeucore qué mon capitaine, qui né la connaît zaucunément, non plusse !

PICHENETTE

Comment ! il ne connaît pas la femme qu'il va épouser ?

PALLAFEUX, *avec emphase.*

Crois-moi Pichénette : nous né la connaissons nullement, que jé vous récidivé.

PICHENETTE, *à part.*

Oh ! Quelle idée ! (*Elle réfléchit une seconde, puis se parlant :*) Pourquoi pas ?... Oui, c'est ça !...

PELLAFEUX, *remontant.*

Donc, ma pétite... houst !

PICHENETTE

Eh bien, que veux-tu... faut bien que je me résigne. (*Avec un soupir*) Ah ! je cède la place... (*Elle pouffe de rire sous cape*).

PELLAFEUX

C'est ça, ma pétite, esbine-toi.

PICHENETTE, *tristement.*

Je m'en vais...

PELLAFEUX

Brise-la toi... Malhéreusément que tu n'as point retiré ta culotte, et qu'alors... (*Riant*) Hé ! Hé ! Hé !

PICHENETTE, *elle se dirige vers la porte du fond, quand tout à coup sursautant.*

Mais, dis-donc : et mon pognon ! (*Elle redescend*).

PELLAFEUX, *hypocritement.*

C'est-y donc qué jé né vous l'ai point donné ?

PICHENETTE

Ah ! mais non ! filou ! pas d' ça !

PELLAFEUX, *il se fouille et clignant de l'œil au public.*

Qué vous avez peut-êt' ben raison ! (*Tout à coup*) Ah ! zoui, lé v'là ! (*Il lui tend le billet de banque*).

PICHENETTE, *en prenant le billet.*

Merci ! (*Se dirigeant vers la porte du fond*) Adieu ! bonne poire !

PELLAFEUX, *la reconduisant.*

Adieu, pétit troupier dé l'amour !

PICHENETTE, *en sortant.*

Tu diras à César qu'il est un muffle.

PELLAFEUX, *sur la porte.*

Très bien !... (*Elle sort, à part*) Zelle est vexée. (*Riant*) Hé ! Hé ! Hé !... (*Avec un soupir*) C'est zégal... uné si gentille pétite caillette... c'est dommage !

SCÈNE XI

Pellafeu, le Maréchal des Logis,

PELLAFEUX, *continuant.*

Qué voulez-vous, mes amis, il faut zobéir, n'est-cé pas ? — Mainténant, préparons la table !... (*Il prend la petite table à gauche, la place un peu en scène.* Puis taussi la bouteille. (*Il sort par la porte de droite, revient aussitôt, portant deux verres et une bouteille de vin ; et les déposant sur la table :*) V'là cé qué c'est !

LE MARÉCHAL DES LOGIS, *il entre par la porte de gauche, un registre sous le bras.*

Ça y est ! la copie du rapport est là, sur le bureau du capitaine. Vous l'avertirez.

PELLAFEUX

Bien, marchalgis !... (*Le Maréchal des Logis se dirige vers le fond pour sortir*) Mais, hé ! hé ! hé ! marchalgis ? zun verre dé bon vin, zavant dé vous ensauver ?

LE MARÉCHAL DES LOGIS

Remerciements !... je n'ai pas soif !

PELLAFEUX, *dans un rire.*

Hé ! Hé ! Hé ! Qu'un troupier c'est commé zuné éponge, marchalgis ! Ça boit sans soif, hé ! hé ! hé !

Le Maréchal des Logis, *redescendant.*

Eh bien. va ! verses-en deux doigts !

PELLAFEUX

Zà la bonne heure ! *(Il verse dans les deux verres).*

Le Maréchal des Logis

C'est pour ne pas te refuser !

PELLAFEUX

A vot' santé, marchalgis !

Le Maréchal des Logis

A ta santé ! *(Ils trinquent et boivent tous deux.)*

PELLAFEUX, *reposant son verre.*

Qué c'est du chénu !... *(Il remplit les verres).*

Le Maréchal des Logis

En effet, tu t'y connais mon lascar !

PELLAFEUX. *choquant son verre à celui du Maréchal des Logis.*

Alors, zà votre santé.

Le Maréchal des Logis

Encore ?...

PELLAFEUX

Buvez, marchalgis ! ça vous fera du bien ! *(Riant.)* Hé ! Hé ! Hé ! *(Ils choquent leurs verres et boivent en même temps.)*

Le Maréchal des Logis, *en reposant son verre sur la table.*

Mais... dis donc... je t'ai entendu causer tout à l'heure avec quelqu'un ?

PELLAFEUX

Ah ! zoui ! Zavec mademoiselle Pichénette !...

Le Maréchal des Logis

La petite Pichenette qui chante au beuglant d'en face ?

PELLAFEUX

Zelle-même !... *(Ils versent, boivent de nouveau.)*

Le Maréchal des Logis, *reposant son verre.*

Elle est gentille !

PELLAFEUX, *avec fatuité.*

Heu ! heu !... zoui ! pas mal ! mais. qué nous avons soupé dé sa trompette. *(Il remplit les verres.)*

Le Maréchal des Logis

Pas possible ? *(Il rit.)*

PELLAFEUX

Qué nous vêaons même dé lui zy fiche sa feuille dé route zà la poupée.

Le Maréchal des Logis, *en riant.*

Vraiment ?

PELLAFEUX, *tout en choquant son verre contre celui du Maréchal des Logis.*

A la santé des Pichénettes, des pichétons, des pichés-poquettes... Hé ! Hé ! Hé ! ..

Le Maréchal des Logis, *riant.*

Ah ! Ah ! Ah ! .. *(Tous deux boivent et vident leurs verres ensemble. — Puis, reposant son verre.)* Maintenant je me sauve !... *(Il fait mine de se diriger vers le fond.)*

PELLAFEUX. *un peu gris.*

Pas tainsi sur zune jambe ! Qu'il zy en a zencore un verre daus la fiole ! *(Il verse et trinquant.)* A vot' santé, mon supérior !

Le Maréchal des Logis

C'est le dernier ! *(Ils vident leurs verres et reposant son verre.)* Voilà ! cette fois je file ! *(Il remonte.)* Au revoir !

PELLAFEUX, *titubant légèrement.*

Zau révoir !.. marchalgis !

Le Maréchal des Logis, *en sortant.*

N'oublie pas le rapport !

PELLAFEUX

Pas dé crainte !..

SCÈNE XII

Pellafeux, Paola d'Acousta.

PELLAFEUX, *il redescend; rencontre un meuble, butte dessus et tout en trébuchant.*

Hô !.. hô !.. hôlà !.. Eh ben quoi t'est-ce donc ? Qu'on dirait ma parole, qué jé suis brandezinque *(Remettant en place les bouteilles, et la table.)* Hé ! hé ! hé, C'est épatant ! il mé semble qué jé navigué daus uné chaloupe ! *(Riant)* Hé ! hé ! hé ! Mais sacré mille bouchons de carafes, qué l'air dé la mer, zil est tiède !.. *(S'éventant.)* Ouf ! Qué coup dé soleil, ma mère ! *(A ce moment on sonne à la porte d'entrée.)* Tiens ! Y'là qu'on résonne ! *(On sonne de nouveau.)* Qué le diable il patafiole la sonnette !.. *(Et se dirigeant vers la porte du fond.)* Va, salé troupier, dé larbin... dé misère... dé... *(Il disparaît par la porte du fond).*

PAOLA, *entre en marchant très vite par la porte du fond. Pellafeux la suit de près, la tête et le regard tourné en arrière, vers la porte invisible d'entrée. Tout à coup Paola s'arrête brusquement, se baisse, ramasse une épingle. Pellafeux ne voyant pas l'obstacle qui se dresse subitement devant lui est surpris, se butte contre Paola, puis subissant la force d'impulsion de sa marche rapide, passe comme une balle par dessus celle-ci et vient rouler sur le parquet, à quelques pas d'elle.*

PELLAFEUX, *se relevant et se frottant le coude.*

Sacré mille tonnerres dé culbute ! *(Paola pique ostensiblement l'épingle qu'elle vient de ramasser dans l'étoffe de son corsage.)* Mais pourquoi t'est-ce qué vous n'avertissez pas qué nous jouons à sauté mouton ?..

PAOLA, *avec une hauteur indignée.*

Comment ?

PELLAFEUX, *grimaçant de douleur et se frottant le bras.*

Qué jé vous aurais sauté zà pieds joints !

PAOLA

Me sauter ?.. moi ? — une espagnole de race ?..

PELLAFEUX, *dans un rire.*

Hé ! Hé ! Hé ! il y a sauter zé sauter !.. Hé ! Hé ! Hé !

PAOLA, *avec véhémence comique*

Tais-toi, bestia !

PELLAFEUX

Mais...

PAOLA, *lui saisissant brusquement la main.*

Chut, jeune homme ! — Ne cascade pas avec la fiancée du capitaine César !

PELLAFEUX, *épaté.*

Ah ! que vous êtes alors Paoula, la promise dé mon supérior ?

PAOLA

Paola ! Elle-même !.. Mais où est-il, que je le voie ! que je l'embrasse ! que je le mange de caresses !

PELLAFEUX, *à part.*

Cré coquin !.. zellé commence bien, la spagnole !

PAOLA, *avec feu.*

Dis ! où est-il ?..

PELLAFEUX

Qué j'en ignore !.. Mais qu'il va rapliquer tout à l'heure!

PAOLA, *avec pétulance.*

Tout à l'heure ? Tout à l'heure? Tu ne sais donc pas que yo souis espagnole, et qu'oune espagnole n'attend yamais ! yamais ! caramba !..

PELLAFEUX

Qué cépendant, mon supérior zil m'a donné l'ordre !.. Et même qu'il ma dit d'être très gentil, très zaimable, *(Riant)* hé ! hé ! hé ! zavec vous !.. *(Il trébuche).*

PAOLA

Il a dit ça ?

PELLAFEUX

Commé j'ai l'honneur !

PAOLA, *en minaudant et en regardant coquettement Pellafeux.*

Hé ! Hé !.. ça ne me déplaît pas !.. Tu es jol garçon ! *(Il tressaille et se carre)* Oui ! *(Lui prenant le menton)* Oui ! yo pourrai attendre ! . avec toi, mon bijou ! *(Elle le caresse).*

PELLAFEUX, *à part, passant.*

Qué jé vois trente six mille bougies tallumées !

PAOLA, *remontant sur la gauche.*

C'est là, la chambre à coucher ? *(Elle regarde par la porte de gauche à l'intérieur de la pièce voisine).*

PELLAFEUX

Déjà ?

PAOLA, *continuant.*

Elle n'est pas mal . *(Et en redescendant)* Le lit a l'air d'être bon...

PELLAFEUX, *à part, passant.*

Oh ! ma mère ! Quoi t'est-ce qu'elle va mé demander !

PAOLA, *redescendant elle va, se laisse tomber sur le canapé.*

Viens !... Viens te mettre à côté de moi !...

PELLAFEUX

Z'à cô é dé vous ?...

PAOLA

Oui, viens donc !

PELLAFEUX

Mais, qué jé n'oserais !

PAOLA

Es-tu bête !... Approche donc !

PELLAFEUX, *s'approchant*

Qué ça mé fait zun drôle d'effet ! (*Riant*) Hé ! Hé ! Hé ! (*Il s'approche de plus en plus du canapé*).

PAOLA, *elle lui saisit la main, et le forçant à s'asseoir sur le canapé près d'elle.*

Mets-toi là !...

PELLAFEUX, *tout en s'asseyant, à part.*

Oh ! mon tempérament !

PAOLA

Dis-moi... mio caro. (*Elle lui passe le bras autour du cou et câlinement*) N'a t-il pas une maîtresse, César ?

PELLAFEUX

Ah çà !.. qué ça ne m'est pas permis de causer !

PAOLA, *câlinement.*

Nigaud !.. yo sais tout !..

PELLAFEUX

Tout ?..

PAOLA, *continuant.*

Yo connais la Pichenette, va !

PELLAFEUX, *sursautant.*

Oh ! zalors !. .

PAOLA, *très caline.*

Oui !... yo t'assure ! (*Elle lui passe la main dans les cheveux*) Ne t'inquiète pas, pauvre mignon !..

PELLAFEUX *tressaillant sous les caresses de Paola et à part.*

Cré nom dé nom !... que mes jambes ils frétillent !...

PAOLA, *elle continue en redoublant de câlineries.*

Dis moi : il l'aimait bien sa Pichenette?

PELLAFEUX, *en se carrant sur le canapé et avec fatuité.*

Oh, bast !,.. pas plus que ça ! Nous autres, vous savez, comme soldat zel militaire, nous sont zà chéval, qué pour lorsse, tu comprends, nous sont plus rapides tà la bésogne !... (*Il la saisit brusquement et lui pique un baiser sur la nuque*).

PAOLA

Ce qui veut dire ?...

PELLAFEUX, *riant.*

Cé qui veut dire : soupé dé la pétite ! Hé ! Hé

PAOLA

Hein ?

PELLAFEUX, *continuant*

Plaqué la géneuse ! Hé ! hé ! bé !.

PAOLA *elle sursaute et tirant brusquement les cheveux de Pellafeux.*

Ah ! canaille ! (*Elle se lève.*)

PELLAFEUX, *poussant un cri de douleur.*

Aïe !. . (*et se frottant la tête*) Quoi t'est-ce donc qu'y vous prend ?

PAOLA

Ce sont les nerfs ! yo souis si nerveuse ! (*Tout en disant cela elle se dirige avec précaution vers la porte de gauche.*)

PELLAFEUX, *même jeu sur le canapé.*

Sacré mille brosses dé chiendient ! qué j'ai cru que tu m'arrachais la tignasse ! (*Avec plainte.*) La, la, la, la !..

PAOLA, *à part.*

Profitons vite de ce qu'il ne regarde pas !.. (*Et vivement elle sort par la porte de gauche.*)

(*Elle sort.*)

SCÈNE XIII

Pellafeux, César.

(*A peine Paola a-t-elle disparu par la gauche, que César entre sans bruit, en tapinois par la porte du fond. Il aperçoit Pellafeux sur le canapé: esquisse un rire; et descend avec précaution vers le canapé.*)

PELLAFEUX, *sans s'apercevoir de la substition des personnes et croyant parler toujours à Paola.*

Mais, pas de récidive, tu sais !

CÉSAR, *debout derrière le dossier du canapé et à part*

Que dit-il, l'imbécile?... (*Et, lentement, il pose sa main sur le crâne de Pellafeux.*)

PELLAFEUX, *continuant.*

Non !... pas dé blague !... (*Il saisit la main de César, et la lui caressant.*) Qué j'aime mieux déposer un baiser déssus la pétite ménotte ! (*Il l'embrasse.*)

CÉSAR, *sursaute et retirant vivement sa main.*

Ah çà !... deviens-tu fou ? triple brute...

PELLAFEUX, *bondissant.*

Pétard dé Dieu ! mon capitaine !

(*Salut militaire.*)

CÉSAR.

Mais à qui en avais-tu donc ?

PELLAFEUX, *très troublé.*

Moi ?... zà qui ?... zà quoi ?... qué je né...

CÉSAR, *avec véhémence.*

T'expliqueras-tu, animal ?...

SCÈNE XIV

Pellafeux, César, Paola.

PAOLA, *elle entre en coup de vent par la porte de gauche, en allant précipitamment à César.*)
Ah !... mio capitaine !... (*Etonnement de Pellafeux stupéfaction de César.*) Vous voilà, enfin !... Yo vous vois donc !... (*Elle lui saisit les mains avec pétulance.*)

CÉSAR, *ahuri.*

Madame !

PELLAFEUX, *à part.*

Quellé sacré séringué ! qué jé fais, oh ! ma mère !...

PAOLA

Quoi, monsieur... Vous ne tombez pas dans mes bras ?...

CÉSAR, *balbutiant.*

Si !.. Si parfaitement !.. Seulement...

PAOLA, *avec volubilité.*

Seulement ne me connaissant pas. vous ne pouvez me reconnaître ! n'est-ce pas ?

CÉSAR, *gaiement.*

Il y a un peu de ça !..

PAOLA, *vivement et à part.*

Tant mieux que tu ne me reconnaissés pas, monstre ! (*Et continuant*) Mais, mio capitaine, yo souis Paola l'Espagnole Paola, ton ardente fiancée !

CÉSAR, *avec joie.*

Je m'en doutais en vous voyant si jolie !..

PAOLA

Oh ! vous êtes galant. mon mari, mais n'ayez crainte, yo brûle d'amour !.. yo rêve des folies de tendresses !

PELLAFEUX, *à part.*

Sacré coquin de bonsoir !. Contiens-toi, Pellafeux !

CÉSAR, *l'attirant sur le canapé.*

Moi de même, ma Paola ! J'aspire au jour heureux de notre union.

(*Ils s'asseyent côte à côte sur le canapé*).

PAOLA, *coquettement.*

Vraiment ?.. (*Et vivement, à part.*) Sacripant, va !

CÉSAR, *continuant.*

Et cela avec d'autant plus d'ardeur que je constate chez vous aujourd'hui, plus de grâces encore que celles qu'on m'avait annoncées !.. (*Il l'attire contre son cœur et lui enlace la taille*).

PAOLA.

Tu crois,.. mio caro ?.. (*Elle s'abandonne tendrement dans les bras de César*).

PELLAFEUX, *à part*

Mille milliards dé pompe à feu ! qué ça chauffé trop !.. que je n'y peux ténir !.. que je m'en esbine en tapis noir ! (*Il sort en rampant et sans bruit par la porte de droite*).

SCÈNE XV

César Paola.

CÉSAR *très tendre.*

Je m'en persuade de plus en plus en vous regardant.

PACLA.

Alors, yo serai seule, bien seule, à posséder ton cœur ?..

CÉSAR

Seule !.

PAOLA, *très tendre*

Bien sûr ? (*Elle lui jette les bras autour du cou*).

CÉSAR

Sur ma parole !.

PAOLA

C'est que vois-tu yo souis espagnole.

CÉSAR

Ah ! oui !. je sais ça !..

PAOLA, *continuant avec feu.*

Et yalouse comme une tigresse !

CÉSAR

Hô !.. Hô !..

PAOLA, *tragiquement.*

Si tu me trompes,.. yo te tuerai !

CÉSAR, *gaiement.*

Oui, oui ! Toutes les femmes disent ça !..

PAOLA, *piquée se levant brusquement.*

Même, mademoiselle Pichenette ?

CÉSAR, *il se lève d'un bond et très ému*

Hein ?.. qui vous a dit ?..

PAOLA, *pouffant de rire.*

Ah ! ah ! ah ! Vous ne vous attendiez pas à me trouver si bien renseignée, mio capitaine ?.. (*Remontant fond*).

CÉSAR, *balbutiant.*

Si !.. Non !.. (*puis, à part, se tournant vers la porte de droite*). L'animal !.. Il a bavardé.

PAOLA, *à part et regardant la porte du fond.*

Elle n'arrivera donc pas, cette Paola ! (*Puis, haut, dans un rire narquois*). Et que répondez-vous ?

CÉSAR, *balbutiant encore et distrait*

Mais, ma chère, je... vous .. (*Et à part, même jeu vers la porte de droite*). L'imbécile !

PAOLA, *distraite à son tour, à part et au public.*

C'est que sans espagnole, mon coup rate !.. (*Haut à César*). Voyons... parlez !.. dites !..

CÉSAR, *la prenant tendrement par la taille*

Que voulez-vous donc que je vous dise ?. (*Il l'attire vers le canapé*). Il n'y a plus au monde qu'une seule femme qui puisse désormais faire battre mon cœur.

PAOLA, *vivement et à part.*

Canaille !.. (*Haut et coquettement*) Et... cette femme... quelle est-elle ?

CÉSAR, *très tendre et la pressant avec feu sur son cœur.*

Vous, Paola !..

PAOLA, *très tendrement.*

Oh ! moi ?..

CÉSAR, *s'animant et avec transport.*

Vous ! que j'aime déjà, et que j'aimerai toujours !

PAOLA

Mio caro.

(*Ils tombent dans les bras l'un de l'autre et s'embrassent*).

SCÈNE XVI

César, Paola, Pellafeux.

PELLAFEUX, *il entre précipitamment par la porte de droite.*

Pardon ! T'excuses ! (*Il aperçoit César et Paola enlacés et s'embrassant ; il sursaute.*) Oh ! (*puis, vite, il tourne le dos pudiquement au couple.*)

CÉSAR, *brusquement à Pellafeux.*

Qu'y a-t-il ?

PELLAFEUX, *confus.*

Pardon ! T'excuses à la compagnie, mais c'est qu'il y a là...

CÉSAR

Qui ça ? (*Il se lève du canapé*).

PELLAFEUX

L'marchalgis, mon capitaine, il a, qui dit comme ça quéque chose de très grave zà vous communiquer...

CÉSAR

Fais-le venir ! (*Se tournant vers Paola*) Je vous demande pardon, chère amie !..

PAOLA, *se levant à son tour.*

Faites donc ! Le service avant tout !

CÉSAR, *à Pellafeux.*

Va ! (*Pellafeux sort par la droite*).

PAOLA, *à part au public.*

Et c'te diablesse d'Espagnole qui n'arrive pas !..

SCÈNE XVII

César, Paola, Pellafeux, le Maréchal des Logis.

PELLAFEUX, *il entre par la droite suivi du Maréchal des Logis.*

V'là le marchalgis, mon capitaine (*Le maréchal des logis est dans la position militaire du soldat, devant son supérieur, la main au képi en forme de salut.*)

CÉSAR, *au Maréchal des Logis.*

Qu'y a-t-il, Maréchal des Logis ?

— 15 —

Le Maréchal des Logis

C'est que. . (Il montre Paola).

César

Oh ! parlez !.. madame est de la... famille !
(Paola s'incline en signe de remerciement.

Le Maréchal des Logis

Voilà, mon capitaine : Il vient de venir au quartier une petite dame qui a demandé.

Paola, au Maréchal des Logis.

Ah !.. une dame ?

Le Maréchal des Logis

Oui ! et une jolie !.. Très bien frusquée même...

Pellafeux, à part

Le veinard !

César, au Maréchal des Logis.

Continuez !

Le Maréchal des Logis

Quand je lui ai dit que vous n'étiez pas de
service, elle m'a répondu avec un petit air malin :
Oui, oui, je le sais ! il est de service chez lui !

César

Hein ?

Le Maréchal des Logis, continuant.

Puis, elle a continué : Allez lui dire qu'il peut
y rester à ce service-là, que ce n'est pas moi qui
veux le déranger ! que tout est rompu entre nous !

César

Rompu ? Que veut dire ?

Paola, à part.

Ça chauffe !

César, au Maréchal des Logis.

Le nom de cette visiteuse ?

Le Maréchal des Logis

Elle m'a remis sa carte ! La voici, mon capitaine !

Paola, toujours à part.

Gare la bombe !

César, il prend la carte et la lisant.

Paola d'Acousta ?

Pellafeux, sursautant et à part.

Hein ! Quoi t'est-ce, une seconde spagnole ?

César

Mais, alors ? si Paola est là-bas .. (A Paola.)
Qui donc êtes-vous ?

Paola, retirant son chapeau, son châle.

Pichenette !...

César, bondissant de surprise.

Pichenette !

Pellafeux, avec épatement, puis désespoir comique.

Pichénette !... je suis foutu !

Pichenette, bouffant de rire et à César.
Ah !... Ah ! Ah ! la bonne fête ! je suis satis-
faite !...

César, furieux.

De quoi ? je vous prie...

Pichenette

De m'être vengée !... On ne me chasse pas, moi,
mon cher !... C'est moi qui plaque ! .. Adieu !..
amusez-vous bien ! (En riant.) Ah ! Ah ! Ah !...
(Elle sort par le fond en riant.)

César, stupéfait.

Me v'là bien !.. .

SCÈNE XVIII

César. Pellafeux, le Maréchal des Logis.

Pellafeux. à part, et tout craintif.

Sacré mille tremblement de froussard, quoi
t'est-ce qué jé vas prendre ? (Il essaie de se dis-
simuler, remonte fond gauche.)

César, avec colère à Pellafeux.

Ainsi me voilà repoussé par ma fiancée ; lâché
par ma maîtresse et tout ça à cause de ta bêtise,
triple cruche !

Pellafeux, confus.

Mais, mon capitaine !

César, avec véhémence.

Silence !... Tu me feras un mois de prison !

Pellafeux, avec désespoir.

Oh ! Ma mère !... Un mois de clou ! Eh ! ben n'en
v'là un sale fourbi de métier !

RIDEAU

Vannes. — Imp. LAFOLYE, 2, place des Lices 3361-1900.

AUTEURS	TITRES DES ŒUVRES	Hommes	Femmes	Prix nets
Autigeon-Dourel	Revanche de Verluisant (La) d	5	2	loc.
Autigeon-Dourel-Roydel	Revenants (Les). d	3	3	loc
Lhuillier	Risette	»	1	1 »
Ch. Thony	Robes et Manteaux d	5	9	loc.
F. Chaudoir	Roi Claquette (Le) d	3	3	6 »
Desormes	Roland furieux	3	1	5 »
L. Desormes	Romance impossible (La)	2	»	2 »
Busnach	Rosière de Valentino (La) d	2	3	loc.
Michiels	Rosière d'Interlaken (La)	1	1	4 »
Ch. Gabet	Ruy Black (v.) d	7	6	loc.
Claments	Saint-Yvon (La) d	2	1	5 »
Ch. Lecocq	Sauvons la caisse d	1	1	6 »
Malral-Febvre-Bonnamy	Septième Escouade (La) d	8	7	loc.
R. Planquette	Serment de Mme Grégoire (Le)	1	1	8 »
Lebreton-Soudant	Serment du marin (Le) d	4	2	loc.
Lebreton-Moreau	Signe de Léda (Le) d	8	8	loc.
Ouvier	Simone et Boquillon	2	1	5 »
Lebreton-Duroc	Soir de Noce d	4	4	5 »
Maillait	Soirée bourgeoise	2	2	loc.
Leserre	Soirée d'amateurs ... pochade	5	»	1 »
Lebreton-Moreau	Soldat 1	5	5	loc.
Bernard-Gresset	Souffleur par amour d	3	1	loc.
Meyan	Soupirs du cœur	3	2	5 »
Ch. Malo	Souviens-toi de Clémentine	2	1	4 »
Moreau-Darsay	Spiritisme des Familles	4	4	loc.
Tac-Coen	Suzette, Suzanne et Suzon	1	3	loc.
Wachs	Tata chez Toto	2	1	4 »
Lemoreur et Primard	Témoin (Le)	3	1	loc.
Lambert-Lebreton	Terre-Neuve d	3	5	loc.
Marc Sonal	Théophile	2	1	loc.
Chassaigne	Toc	2	2	loc.
Hervé	Toinette et son carabinier	2	1	5 »
Bessier-de Gorsse	Tonton d	3	3	6 »
Wachs	Totor et Titine	1	1	loc.
Hubans	Tour de Moulinet (Le) d	2	1	8 »
Cartier	Train des Maris (Le)	2	2	4 »
Moreau-Duroc	Tranquil'hôtel	5	4	4 »
Moreau-Darsay	Trente mille francs par an	2	2	loc.
Lebreton-Moreau	Treize jours d'un Parisien (Les) d	troupe	»	loc.
id	Treizième spahis (Le) d	troupe	»	loc.
Ch. Gabet	Trésor des Dames d	2	1	loc.
Lebreton-Moreau	Trio de troupiers d	7	5	loc.
Lebreton-Téramond	Trois Gosses (Les)	4	4	loc.
Lebreton-Moreau	Trois Maçons (Les) d	4	2	loc.
Lambert-Lebreton	Trac du Pharmacien (Le)	4	1	loc.
L. David	Tu l'as voulu d	3	1	6 »
Héros-Jost	Tziganedanslesménages (La) d	troupe	»	loc.
Javelot	Un amour d'épicier	2	1	4 »
Cardet-Lannoy	Un bon ami	2	1	loc.
P. Hanrion	Un charcutier dans les fers	1	1	4 »
Chassaigne	Un Coq en jupons	1	1	4 »
Banès	Un do malade	2	1	5 »
Wachs	Un domestique pour rire	1	1	4 »
Moreau-Gramet	Un dragon pour deux	3	2	1 »

AUTEURS	TITRES DES ŒUVRES	Hommes	Femmes	Prix nets
G. Laurens	Un futur sur le gril	2	1	4 »
Ch. Malo	Un gendre à poigne	2	2	5 »
Pericaud	Un hercule qui ne veut pas se rouiller	2	1	4 »
Cambillard	Un mariage à la force du poignet	1	1	3 »
Ch. Malo	Un mariage au flageolet	1	1	4 »
Dauphin	Un mariage en Chine d	4	1	6 »
F. Bernicat	Un mari à l'essai	1	1	4 »
Pericaud	Un mari en grande vitesse	3	1	4 »
L. Collin	Un mauvais conscrit	2	»	4 »
Chassaigne	Un 1er jour de ménage	1	1	4 »
F. Barbier	Un souper chez Mlle Contat	»	2	5 »
Bernicat	Une aventure de la Clairon	2	2	6 »
Lebreton-Blairat	Une Consultation d	4	3	loc.
Garnier-Vallès	Une Corbeille de Noce	5	3	loc.
E. André	Une drôle de Marquise	2	1	3 »
Claments	Une étoile d'antichambre d	2	1	5 »
Jouhaud	Une femme du quart de monde	2	1	4 »
Villebichot	Une femme qui bégaie d	3	2	6 »
L. Roques	Une femme tombée du Ciel	1	1	5 »
Villebichot	Une fille à trucs	3	1	4 »
Liouville	Une fille en loterie	2	1	4 »
Touzé-Monjardin	Une intrigue chez les Mouchamiel	2	1	loc.
Desormes	Une lune de miel normande	1	1	4 »
L. Collin	Une mariée sans mari	1	1	4 »
Ed. Lhuillier	Une marine à la vapeur	1	1	3 »
Desormes	Une mauvaise connaissance	3	2	5 »
Moreau-Darsay	Une mauvaise nuit	2	2	loc.
Moreau-Dorfeuil	Une nuit de Paris d	troupe	»	loc.
Duhem	Une partie à Robinson	2	2	4 »
L. Martin	Une partie de pêche	5	4	loc.
Wachs	Une pleine eau à Chatou	2	1	4 »
Bernicat	Une poule mouillée	1	1	4 »
De Paniagua	Une sale Histoire d	3	2	loc.
Chassaigne	Une table de café	2	»	4 »
Robillard	Une tempête conjugale	1	1	4 »
Liger-Aubrun	Urticaire (L')	4	1	loc.
R. Planquette	Valet de cœur (Le)	1	1	4 »
J. Walter	Végétariens (Les) d	7	2	loc.
Robillard	Vengeance de Ramolli (La)	2	1	4 »
L. Roques	Vénus infidèle (Retour de mars) d	1	2	4 »
Autigeon	Vie de garçon (La) d	6	6	loc.
Lebreton-Moreau	Vierges du chahut (Les) d	5	10	loc.
Desgranges	Vieux Sorcier (Le) d	3	2	loc
Burani-Planquette	Vingt-huit jours de Champignolette d	6	4	loc.
Vallès-Talber	Vingt-huit jours de Gorenflot (Les)	7	3	loc.
Ratcée-Bordeaux	Vive la Classe d	6	8	loc.
Normand-Vallès	Vive les Bleus	7	4	loc.
Lebreton-Moreau	Vocation d'Isoline (La)	1	2	5 »
Jacobi	Voilà l'plaisir, mesdames	1	1	4 »
Ch. Hubans	Voiture à vendre d	2	»	loc.
Lebreton-Moreau	Volontaire de 92 (Le) d	7	2	4 »
Tac-Coen	Volontaire et vivandière	1	1	4 »
P. Talber-Delattre	Volupté des dames (La)	4	3	loc.
Guy-Nory-Marias	Zidore d	6	7	loc.

Livrets d'opérettes et de vaudevilles, net : 1 franc.

POUR LES GRANDS OUVRAGES DU RÉPERTOIRE
CONSULTER LE CATALOGUE SPÉCIAL DES
OUVRAGES DE THÉATRE
QUI EST ENVOYÉ FRANCO SUR DEMANDE

MM les Directeurs sont priés de s'adresser à l'Editeur pour le conducteur et les parties d'orchestre ainsi que pour le service des pièces nouvelles.

Des envois de livrets à choisir sont faits sur demande en port dû aller et retour.

Vannes. — Imp. Lafolye. — 3361-1

9 782019 911669